歌江绿之岛
白桦林
毛茛山
狗尾草原野

欢迎你！
狮子绿的家
卷心菜田
三叶草小山岗

中川李枝子童话系列

狮子绿的星期天

SHIZILÜ DE XINGQITIAN

[日] 中川李枝子　著　[日] 山胁百合子　绘

周龙梅　译

接力出版社
Publishing House

1

星期天早晨，住在“歌江绿之岛”上的绿色狮子“狮子绿”五点钟就醒来了。

狮子绿住在这座岛上唯一的一个洞穴里。

洞穴前，一片粉红色的瞿麦花正在怒放。高高的垂柳树右面长着五棵，左面长着五棵，相对而立，形成了一条郁郁葱葱的“隧道”。

洞穴入口有一扇木门，上面挂着一个写有“狮子绿”的牌子。

一开门，就是铺着红地毯的客厅。紫罗兰色的墙壁上挂着一幅花的图画。

客厅里的圆桌上放着一个装满卷心菜的篮子。一把暄腾的大扶手椅和一把小木头椅面对面放着。

角落的橱柜里整齐地摆放着碟子、杯子、水壶、胡椒瓶和花瓶等器具。

狮子绿的床，在穿过客厅的洞穴最里面。

洞穴顶上有一扇供采光用的大窗户，狮子绿就是在这扇天窗下仰望着天空睡觉的。

床边有一个架子，上面也放着三棵卷心菜。

话说醒来的狮子绿从毛毯下面伸出手，抓起一棵卷心菜，咔嚓咬了一口：

“醒了就吃早饭。今天也很愉快。”

狮子绿转圈啃着卷心菜，最后把卷心菜从外到里都吃干净了，然后蹬开毛毯，跳了起来。

狮子绿顺势把毛毯搭到架子上，又把剩下的两棵卷心菜滚到床底下去了。

“哎哟，你们太让我操心了，卷心菜。吃掉你们算了。”

狮子绿钻到床底下，抓起一棵卷心菜，把它丢进嘴里。接着，第二棵卷心菜也到了狮子绿的肚子里。

随后，狮子绿冲着滑落到地板上的毛毯大叫起来：

“你太让我操心了，毛毯。吃掉你算了。”

可是，它又犹豫了一下：

“慢着……我可是一只温柔的狮子‘狮子绿’哟。这么点儿小事，我就不跟你计较了。”

狮子绿把毛毯拽回床上。

“好了，要开始做早上的大事了。”

狮子绿哼着欢快的歌，走到隔壁的浴室里，站在洗漱台的镜子前。

洗漱台上摆着牙刷、杯子和肥皂。

一件大事开始办，
虽然不怎么好玩儿，
昨天今天都一样，
让我给你来示范。
先把牙来刷一刷，
接着就可以洗脸，
最后还得做这些，
洗头还洗耳朵眼儿。

狮子绿用牙刷在嘴里胡乱搅了三下，漱了漱口，说：“一项完成了。”

接着，它把鬃毛弄湿，抓起肥皂，往头上搓了搓：

“喂，肥皂，要是你进到我眼睛里的话，我会把你吃掉的哟。”

狮子绿挥舞着沾满了肥皂泡沫的手臂。洗完头之后，它蒙上一条大毛巾，把耳朵眼儿、脸和鼻子全都擦干了。

最后，狮子绿拿起挂在床柱上的日历，用红铅笔画了一个圆圈。

“这样就可以了——不标上记号，我就会忘记今天已经洗了头，明天就又会去洗。下次洗头的日子是下一个星期天。”

完成“早上的大事”后，狮子绿提起一个蓝色的背包来到外面，随手把“狮子绿”的牌子翻过来。

牌子的背面上写着：

“狮子绿马上回来。请进吧。”

狮子绿穿过垂柳隧道，从卷心菜田的这头开始一棵一棵地数着卷心菜。

“两百九十五……啊呜啊呜，每棵看上去好像都很好吃。”

狮子绿摘了十五棵卷心菜，塞进背包里，然后迈着轻快的脚步，一边唱歌，一边回到洞穴。

啦啦……

早餐卷心菜。

啦啦……

午餐卷心菜。

啦啦……

晚餐卷心菜。

啦啦……

狮子绿正要去开门，却又拍了一下手：

“哟，来客人了。”

门把手上挂着一顶小小的绿色贝雷帽。

“太棒了！这下可以玩扑克牌了。”

狮子绿兴高采烈地推开门。

就在这时，一阵刺耳的声响传过来，洞穴如同被摇晃了一下。

狮子绿连忙捂住了耳朵。

“是谁在吓唬我呢？”

狮子绿一看，原来客厅里有一只白猫。只见它抱着一把金色的小号，从暄腾的扶手椅上跳下来，鞠了一躬。

狮子绿松开捂耳朵的手，也鞠了一个躬。

白猫马上说：

“我是普克。请教教我吹小号吧。”

说完，它又鞠了一个躬。

“你来得正好，咱们玩扑克牌吧。我这就教你抽王八[1]。”

狮子绿收拾好背包后，一边哼着歌，一边打开柜子的抽屉，取出了一副扑克牌——带有粉红瞿麦花图案的扑克牌。

① 一种扑克游戏。一开始玩家需要从扑克中抽出一张牌，这张牌就是王八牌。——本书脚注均为编者注

抽王八，真好玩儿，

一摸到这扑克牌，

手就发抖心荡漾。

普克连忙说：

“不是玩扑克牌，我是想学吹小号。”

“玩完扑克牌，再吹小号，没问题。”狮子绿不动声色地洗了洗牌。

“啊，我搞错了，搞错了。我以为这里是小号老师的家，搞错了。我回去了，再见。”

普克正想跑掉，狮子绿怒吼了一声：

“不坐在扶手椅上的话，会被吃掉的哟。”

“别吃掉我，别吃掉我。”普克哆哆嗦嗦地坐到了暄腾的扶手椅上，说道，“不过我不适合玩扑克牌，可能更适合吹小号。我用扑克牌变魔术总是出错。”

“变魔术？变魔术时能像抽王八那样，心怦怦直跳吗？”狮子绿停下了发牌的手，问了一句。

“心当然会怦怦直跳了。变魔术时，手里拿着的牌啪的一声就不见了，最后它从你嘴里冒出来，或是一张牌变成了两张……扑克牌魔术师会变各种各样的魔术。”

“嚯，这个我倒没想到。”狮子绿把眼睛瞪得大大的。

狮子绿想了想，说：

“我也来变吧。”

“你如果想变，就来我们杂技团吧。”普克说。

“杂技团？”狮子绿探出了身子，一副跃跃欲试的样子。

“嗯，是的，杂技团。”

刚点了点头，普克就连忙从椅子上跳了下来。

“不好了，我忘记了，忘记了。我得练习吹小号才行。呃……会吹小号的老师在哪里来着？呃……”普克在椅子四周转来转去。

最后，它摸了摸头，说：

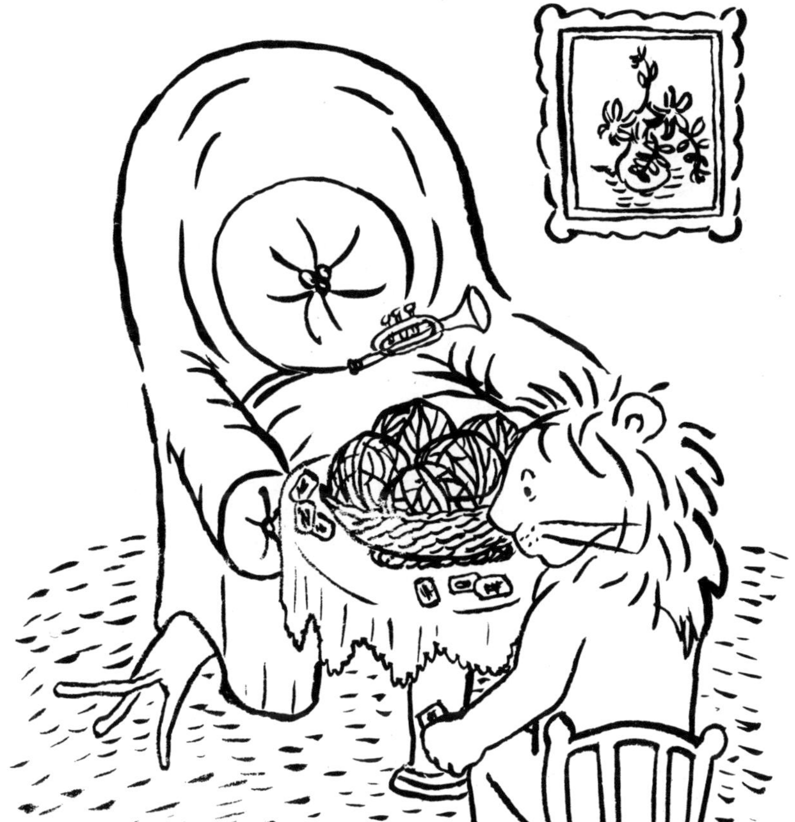

“对了，对了，我帽子里面有地图……”

可是，哪里有帽子呀?

“不见了，不见了。帽子没在我头上。”

普克钻到了椅子底下,一边叫着“不见了不见了不见了”，一边从扶手椅下面钻过，结果头撞在桌子腿上。

桌子上的卷心菜被撞得滚落到了地上。

“老实点儿，卷心菜，乱动的话，会被吃掉的哟。”

听到狮子绿在吼，桌子底下的普克颤抖着说:

“别吓唬我，好不好？我在找帽子呢。”

“什么样的帽子？”

“绿色的，圆圆的，顶上有一个圆圆球的贝雷帽。”

“啊呜，我确实看到了，就在刚才。”

狮子绿环视了一下客厅，张开大嘴，吼了一声:

“快出来，帽子。”

狮子绿的声音在客厅里回荡。就在客厅又恢复了平静的时候，从门那边传来了咚咚咚的敲门声。

与此同时，普克迅速冲到门边，一把抓住了挂在门把手上的绿色贝雷帽。

“啊，找到了，太好了。这是一顶宝贵而神秘的帽子。”

普克甩了三下帽子。哇，它刚才明明是绿色的，现在却变成鲜红色的了。

“奇怪呀……”狮子绿揉了揉眼睛，可现在帽子又变回绿色了。

接着，普克把帽子顶在指尖上，像转动陀螺似的猛地转起帽子。

“你戴一下看看。”

说着，普克把帽子猛地朝狮子绿头顶上抛去。

“哎哟，哎哟。”

这回轮到普克揉眼睛了。

“不见了，不见了，我的帽子不见了。绿色的贝雷帽没有了。应该是准确无误地扣到你头上才对的呀。”

“当然在呢，你好好看看。我的鬃毛是绿色的，你的帽

子也是绿色的。你看，帽子在这里呢。”

就在狮子绿抓起贝雷帽的时候，突然下起了扑克牌雨。

“妙哉！”

普克叫了一声，拍着手欢蹦乱跳。

狮子绿目瞪口呆。

“啊……吓得我的心怦怦直跳。太神奇了。想不到扑克牌藏在帽子里。”

“这就是用扑克牌变的魔术哟。你这魔术变得太高明了，我都没察觉你用了什么诀窍和手法呢。”普克说。

“啊呜啊呜，真是神秘的帽子。其实是有诀窍和手法的，对吧？”

狮子绿挥了挥帽子，哇，帽子里外翻了个个儿，这下又巧妙地变成鲜红色的了。

“妙，太妙了，你简直是变魔术的专家嘛。我练习了三十次才好不容易学会呢，可是你一下就成功了。”普克又拍起手来。

“真的那么妙吗？”狮子绿有点儿不好意思。

“嗯，技术太高超了。你干脆来我们杂技团吧。”

刚说到这里，普克突然跳了起来：

“糟糕，我差点儿忘了。说起杂技团，我就想起了小号。如果我吹不好小号，特洛团长是不会让我演杂技的。我得赶快去练习了，否则要挨批评的。”

普克从狮子绿手里拿回帽子。这回，它把帽子从正反两面的接缝处折了折，从里面掏出一张地图。

教小号的老师的家
三棵柳
这里
喜欢玩扑克牌的
狮子绿家
垂柳隧道
卷心菜田
卷心菜田
三叶草小山岗

“下了三叶草小山岗，穿过卷心菜田，钻过垂柳隧道，就是喜欢玩扑克牌的狮子绿家……哎呀，我只看到这里。太马虎了，我真是个粗心鬼，真讨厌。”

“教小号的老师的家，嗯……应该是三棵柳旁边的那座房子吧？”

普克把帽子恢复原状，戴在头上，然后就一手拿着地图，一手抓起小号，朝门外跑去。

“等我学会吹小号，我们再一起去杂技团吧。再见——”

“喂——东西忘了。扑克牌，扑克牌。”狮子绿连忙叫道。

普克猛地回过头来说：

“你我都要练习，练习！”

说完，它高高举起小号，飞也似的跑走了。

2

“真是一只疯疯癫癫的猫，连我都被它搞得头昏眼花。现在出去吹吹风，冷静一下头脑吧。”

狮子绿把散乱的扑克牌整理好，走出家门，朝三叶草小山岗走去。

狮子绿上了小山岗，坐到一棵大白杨树底下，然后闭上眼睛，倾听树叶摇动时发出的声音。

“啊，好舒服。”

狮子绿躺在那里，把刚才从帽子里变出来的扑克牌摊开。

“红桃、方块、梅花、黑桃，什么都有。可是，奇怪呀，好像应该还有什么来着。不是大王，也不是小王，而是更为重要的。”

狮子绿拼命思索着，最后终于想出来了：

“是王八牌！没有王八牌怎么行？那就不能玩抽王八了。到底是怎么回事呢？”

狮子绿把扑克牌一张张翻过来看了看。

“难道是被风吹走了吗？”

它站起来，在白杨树四周找了一圈，还是没找到。

狮子绿冲着天空，张开大嘴，猛地吼了一声：

“王八牌，快出来！”

这时，白杨树的顶上传来一个懒洋洋的声音：

“是谁呀？”

“我是狮子绿。”

“你那么大声，在吼什么呀？”

“我在找王八呢。”

“你在找哪里的王爸？”

“是扑克牌里的王八。”

“这样啊……那是你的扑克牌吗？”

“不是，是普克的。”

“瞎说。不是普克的，是我的。”

“你是谁呀？”狮子绿抬头望了望白杨树的树顶，“好刺眼。”

狮子绿不由得眯缝起眼睛。

在微微晃动的树叶的阴影中，有颗金星闪烁了一下。

狮子绿用手遮住额头，又望了望，说道：

“是王八在那里！”

狮子绿立时屏住了呼吸。

带有闪烁的金星和红绿色竖条纹的尖尖帽下面，有两个绿色的眼珠露出来。

“嚯，那个王八是可以在天上飞的吧？否则它怎么能爬到那么高的地方去呢？好一个厉害的王八呀！”狮子绿独自感慨。

“我不是王八。”尖尖帽从树顶上出溜下来。

原来是一只长着黄色卷卷毛的小猫。

“我虽然不是狮子，但是跟老虎一样厉害哟，因为我是特洛团长。”小猫神气地说。

“可是，你跟王八长得一模一样啊，而且你们戴着一样的帽子。”

“嗯，是的。因为我喜欢王八，我跟它学的。”

“我也很喜欢王八。我们马上去我家里玩抽王八吧。”狮子绿催促道。

可特洛说：

“不行。我要表演杂技，很忙的。”

“是吗？你也要演杂技？”

“当然了，我是团长。团长是杂技团里最了不起的。”特洛耸了耸肩。

“所以，这棵大白杨树也是团长的。团长爬到树顶，就可以找到团员们了。我很忙，忙得要死。”

“我也想加入杂技团，可以吗？我会用扑克牌变厉害的魔术。”

“啊，是吗？幸亏我一直坚守在这里，竟然就这么找到了狮子绿，太顺利了。杂技团团长只要一个人当就可以了，团员越多越好。”

特洛把狮子绿摆的扑克牌归拢到一起，顶在头上，又把帽子扣在上面。

“你跟我一起到杂技团事务所去吧。”

狮子绿与特洛肩并着肩，愉快地走下洒满阳光的三叶草小山岗。

今天早上刚洗过的鬃毛非常柔软，悠然地在狮子绿身上蓬散着。

特洛的黄色卷卷毛也不时地闪着金光。

啦啦　痒痒　痒痒

啦啦　风和　太阳

让我　心里　痒痒

让我　脚心　痒痒

狮子绿刚唱了几句歌谣，特洛突然叫住了它，说道：

“看不见了，停一下。”

原来那顶尖尖帽滑了下来，挡住了特洛的眼睛。

狮子绿等它把帽子推上去，就继续往前走。

没走几步，特洛又叫了起来：

“看不见了，再停一下。”

“王八的帽子太大了吧。”

听狮子绿这么一说，特洛拍了拍胸脯：

“多管闲事。这样很好。我很快就可以长得跟老虎一样大了。像老虎那么大了之后，我也可以留鬃毛嘛。不像你的绿毛，不是树叶的颜色，而是金色的鬃毛哟。”

特洛重新戴好尖尖帽。

可是，在它走下小山岗的时候，尖尖帽又遮住了它的眼睛。

“要不，我替你戴着它吧？”狮子绿说。

“哦，可以吗？如果不麻烦的话，就拜托你了。”特洛把尖尖帽递给狮子绿之后，晃了晃脑袋。

“啊，好凉快。”

就在这一刹那，特洛头上下起了扑克牌雨。

特洛连忙捡起扑克牌，归拢齐了，摞在一起，在上面啪地拍了一下，然后把它交给了狮子绿。

狮子绿先把这些扑克牌放到头上，然后把尖尖帽扣到了上面。

特洛从前面，从后面，又从旁边端详起狮子绿来，问道：

“你怎么这么大呢？你早上吃了什么？”

“卷心菜。”

“中午呢？”

“卷心菜。”

“看来我也要多吃卷心菜，才能赶快长大。”

特洛太瘦唉唉唉，

吃上百棵卷心菜。

早上中午晚上吃，

不出一年你猜猜，

是谁变成老虎来？

…………

特洛一边大声唱着歌，一边下了小山岗。

“等等我！”

这回是狮子绿叫住了它。

“啊，看不见了。你现在在哪里呢？我什么也看不见了。”

“哎哟，那顶帽子你戴的话，应该不会大吧？”

“帽子太小，我也看不见的。”

“怎么会呢？”

“我往下看你时，帽子会掉下来。”

“啊，是吗？你个子要是像我一样矮就好了。或者我把身子抻长，让你能看到我就好了。”

特洛说着，踮起脚，用脚尖走起路来。

狮子绿抬起头，正视着前方，下了小山岗。

去杂技团真不错，
戴着神秘尖尖帽，
会下扑克牌雨呀。
我们团长是特洛，
吹小号的是普克，
还有一个狮子绿，
能用扑克变魔术，
那人就是在下呀。

已经看不到特洛的身影了。

狮子绿慢慢悠悠地唱着歌，走下了小山岗。

“哎呀，什么地方飘来一股新鲜的卷心菜的味道？在哪里呢？”

狮子绿闭上眼睛，使劲用鼻子闻了闻，一直往右走，再往左拐，然后又往右面走去。

“嗯嗯，是卷心菜。肚子又饿了。”

狮子绿站住脚，睁大眼睛，大叫了一声：

“哎呀，这里原来就是我家门口的卷心菜田啊！”

就在这时，尖尖帽顶上的金星猛然响起一阵尖厉的声音：

“丁零零——”

金星里面出现了一块正在报时的表，显示出现在是上午十点。

随着这一声响，兔子、松鼠、青蛙、蜗牛们从小山岗、三叶草丛、卷心菜田蜂拥而来。

“这是发的什么信号呀，狮子绿？”

“狮子绿戴着尖尖帽呢，点缀有金星的漂亮帽子。”

“今天的样子好一本正经哟。”

“一定是有什么好事。”

“狮子绿，你怎么戴着帽子呢？”

大家吵吵嚷嚷的。

狮子绿连忙说：

“不是的，不是我的帽子呀。这是杂技团团长特洛的帽子。”

“杂技团？狮子绿要演杂技了吗？”

“什么时候演呢？”

“现在马上就演吧。”

“演吧，演吧。让我们看看。”

大家吵得越来越厉害了。

“这可不好办了……这不是我的帽子哟。我只是负责保管来着。我不戴了！”

狮子绿慌慌张张摘下帽子，谁知扑克牌一下子从帽子里飞了出来，纷纷扬扬洒向蓝天。

“太厉害了，看狮子绿变的魔术！”

不知谁喊了一声。

喊声未落，毛莨山那边就飞来了一片雪白蓬松的云彩。云彩转眼之间扩散开来，不一会儿，扑克牌就完全被遮住了。

大家都不再出声了。

风缓缓地驱散了云彩，直到蓝天再次出现，大家的嘴里才发出“嚯——”的赞叹声。

大家都看呆了，一齐拍着手，跺着脚，异口同声地催促起来：

“太棒了！太棒了！狮子绿，再来一个，再变一次，狮子绿，狮子绿。”

“今天就变到这里，下次再变别的。”

狮子绿恭恭敬敬地鞠了一个躬，然后抱着帽子，迅速跑过垂柳隧道，一溜烟儿钻进洞穴里去了。

3

“啊，吓死我了，吓得我心怦怦直跳。”回到家的狮子绿喘着大气。

“太过分了，这神秘的帽子。我什么都不知道，连练习都没有练习，就在大家面前表演起扑克牌魔术来了。啊——太难为情了。得把它藏好了，不能让任何人看到。”

狮子绿拍了拍背包上的灰尘，又把特洛的尖尖帽放进去。

“这样就放心了。”

狮子绿坐到暄腾的扶手椅上，慢悠悠地吃起了卷心菜。

当它吃下第三棵卷心菜的时候，外面传来了叫声：

“狮子绿，该表演杂技了，该表演杂技了。”

“我不懂什么叫杂技哟。我没有神秘的帽子哟，也没有神秘的扑克牌哟。”狮子绿回答说。

“所以我才来找你的哟。”

门开了，白猫普克跑了进来。

“我让老师教了我五首表演杂技时的配乐呢。首先是全体出场的点兵表演，这个要配上欢快的进行曲，嗒嗒嗒。”

普克一边唱着，一边在红地毯上行进。

“走钢丝绳的表演，要配上缓慢安静的‘啦——啦——啦——’。空中荡秋千的表演，要配上昂扬的、激烈的曲子。踩球的表演，要配合小碎步的节奏。”

普克踮起脚，忙碌地模仿着踩球的动作。

“然后呢，魔术表演的背景音乐需要跳跃式的、轻快的、梦幻般的、令人陶醉的‘啦——啦啦啦——’”

“这个用小号来演奏非常难。话说回来，你已经练完魔术了吗？”普克回过神来。

“只练了一小会儿。”

“那就走吧，走吧。我姐姐会给你做一顶神秘的帽子的。”

“那太好了。现在就去吧。”

狮子绿把第四棵卷心菜放到桌子上，背上背包，就和普克来到了外面。

“你姐姐是开帽子店的吗？”狮子绿边走边问。

“不是，不是。它不但会做帽子，还会做口袋呢。无论是放水的口袋，还是装火的口袋，都做得很棒的哟。”

“嚯——那就是帽子和口袋店了。”

“不是，不是。其实我姐姐总是去外面，捡回来各种各样的东西。”

“哦——那就是捡破烂儿的了。”

“嗯，姐姐是捡破烂儿的。它还是个杂技狂，从早到晚练杂技，演杂技，闹哄哄的，整天吵得要命。”

“嚯——很像特洛团长啊。”

“嗯，当然了，跟特洛团长是一回事。”

“你姐姐一定是一只好大好大的猫，很厉害的吧？”

“嗯，比我大一点儿，但是没狮子大，所以你不用怕。”

狮子绿和普克一边聊，一边穿过卷心菜田，然后爬上了三叶草小山岗。

“那是我姐姐的白杨树。”普克说。

“嘿——你姐姐也那么说？特洛团长也说白杨树是它的，这可不好办了。”

“没办法。我姐姐和特洛团长都是一回事，都贪心，又都小气，无论什么东西，总是要最好的。我总是吃亏。”普克叹了一口气。

走下三叶草小山岗，再穿过狗尾草原野，就能看到一幢用白色和绿色砖块垒成的四方形房屋了。

“那里，那里，快看啊，那里就是杂技团事务所哟。快点儿走吧。”

说完，普克跑了起来。

“好嘞，快走，快走。”

狮子绿一边跑，一边不停地吸溜着鼻子哼起歌：

哦哦，有种神秘味道！

哦哦，这里有什么呢？

那里边会出来什么呢？

那里边会发生什么呢？

令人开心的神秘味道！

“我姐姐正在为杂技表演做准备呢，你快看看吧。”普克指了指窗户。

狮子绿朝窗户里张望了一下，不禁惊呆了。

“嚯，真棒啊！”

屋子里摆满了东西。

掉了车把的自行车、露出弹簧的扶手椅、缺条腿儿的桌子、涂着红油漆的空罐、衣柜的破抽屉、漏了气的轮胎、少了底座的婴儿车、丢了表针的钟表，还有皮箱和篮子。金鱼缸里有一只蓝色的雨靴。

屋子中央，一台绿色的缝纫机发出轻快的声响，正在运转着。

普克的姐姐用一条蓝手帕扎住头发，好像正在拼命地缝制什么呢。

“姐姐，姐姐。”普克大叫了两声。

可是姐姐装作没听见。

“真讨厌，一干起活儿来，姐姐的耳朵就什么也听不见了。用这个来试试吧。”

普克舔了舔嘴唇，冲着窗户用力地吹起了小号。

玻璃窗在颤抖。

在这刺耳声音的震撼下，稳坐泰山的姐姐也不得不停下了缝纫机。谁知，它刚一抬起头，就瞪了它们俩一眼：

“怎么回来这么晚？”

“啊，特洛团长！”狮子绿不禁惊呆了。踩缝纫机的原来就是长着黄色卷卷毛的特洛啊。

嚯——原来普克的姐姐就是特洛团长啊。

又会做帽子，又会做口袋，又能捡破烂儿，还会使缝纫机，杂技团团长真了不起啊！

就在狮子绿惊讶不已的时候，缝纫机又忙忙碌碌地运转起来。

“姐姐，姐姐，狮子绿是扑克牌魔术达人，就让它加入我们杂技团吧，就让它做我们的团员吧。”普克扯着嗓门儿大声喊着。

“你要叫我特洛团长！”特洛也吼了一声。

“哎哟哟，失敬。是，特洛团长。”

“狮子绿已经是杂技团团员了，你们一起进来吧。”

“是，特洛团长。”普克绕到了房子门口。

狮子绿抬头望了望天空。

湛蓝的晴空，一丝云彩也没有。

“扑克到哪里去了呢？”狮子绿歪着脑袋问。

“你真是的，狮子绿。我在这里呀，这边，这边。”普克挥了挥手。

“不是普克，是扑克。刚才……”狮子绿刚要解释，就被普克打断了。

“扑克嘛，不用担心。这里要什么有什么哟，因为这里是杂技团事务所嘛。”

普克用指尖敲了敲绿色的木门。只见门上用白色油漆写着：

特洛·普克大杂技团事务所

非本团团员禁止入内

“嗯嗯，里面肯定会有很多秘密吧？”

狮子绿吸溜了一下鼻子。

倒也是。大家要在这里练习杂技，如果被外人看到了，秘密就会泄露了。狮子绿想。

“可以进事务所的，只有我和姐姐，还有狮子绿。对了，要把狮子绿的名字也写上去。”

说完，普克从事务所里拿来了白色油漆。

然后，它在特洛和普克几个字的旁边写上了“狮子绿”。

“这样就壮观多了。好了，我们也该为表演做准备了。”

狮子绿跟在普克后面，进了杂技团事务所。

特洛·普克
大杂技团
事务所
非本团团员禁止入内
狮子绿

刚迈进一步，狮子绿就站住了。

“到底往哪边走呢？”

屋里东西太多了，简直没有能站脚的地方。

“啧啧。”普克咂了咂嘴。

“我姐姐，哦，失敬，是特洛团长，它是个邋遢鬼！无论拿出了什么东西，用完就往旁边一丢，不会放回原处的。可是，如果我踩到了或是踢到了什么东西，它又会骂我，说我毛手毛脚。”

普克简直像躲开一个个水洼一样，轻轻跳着走，然后招呼狮子绿说：

“这边有空地。”

狮子绿尽量蜷着身子，小心翼翼地，以免踩到或碰到各种东西。最后，好不容易才坐到窗边的空罐上。

从天花板上垂下来一个篮子，上面挂着一张“残品篮”的标签，在狮子绿鼻尖前晃来晃去。

特洛把缝了一半的东西丢进残品篮里。

普克问:“扔了太可惜了。神秘口袋又没做成? ”

“失败是成功之母。”特洛说。

狮子绿朝残品篮里看了看，自言自语说:

“嚯，里面有好多成功之母啊。”

“啊，我肚子饿了。”普克可怜地叫了一声，“姐姐整天满脑子都是表演杂技的事，什么吃的也不给我做。我都饿得皮包骨头了。”

“你这么一说，我想起来了。我本来准备在十点钟做早餐来着，还定好了闹钟，可是奇怪呀，闹钟怎么没响呢? ”特洛歪着脑袋，钻到帘子后面去了。

“姐姐真是的，闹钟本来是顶在你头上的。真拿你没办法。肯定是忘记把闹钟放在哪里了。”普克叹了一口气。

特洛顶着一个大托盘出来了。

托盘上是堆成小山的三明治和三个装满葡萄汁的杯子。

“太棒了，太棒了，特洛团长！”普克一下子变得精神起来，立马用小号吹起了进行曲。

特洛就那么顶着大托盘，把腿抬高，甩着手行进着。

无论它怎么奋力行进，大托盘上的三明治都纹丝不动，果汁也没有洒出来。

“啊——啊——要撞到轮胎上了，危险。喂，婴儿车、铁丝、缝纫机！别演了，快停下。真让人受不了，我的心怦怦直跳。”

就在狮子绿担惊受怕的时候，特洛的行进表演结束了，杯子送到了每个人的手里。

特洛清了清嗓子，说：

“为了特洛、普克、狮子绿的杂技演出成功……”

狮子绿和普克异口同声地说：

“干杯！”

三个杯子碰到一起。

当三明治小山不见了，杯子也空了的时候，狮子绿卸下背着的背包，取出了特洛的尖尖帽。

普克一见便叫了起来：

“这就是神秘口袋呀！姐姐的帽子出现了哟，星星闹钟也完好无损。”

特洛也目瞪口呆。

“口袋好大呀，还有带子，还可以背在背上，太棒了。而且这里还有一个小口袋，到底是怎么做的呢？”

特洛钻进背包里，不住地点头。

“嗯——把这里缝上，再把那边折起来，把边角弄成圆圆的，再用缝纫机锁上边……是这样啊，这下我明白了。”

“太好了，姐姐——哦，不对，特洛团长。终于弄明白神秘口袋的做法了吧？我呢，可别忘了三点钟吃点心。”

普克打开星星闹钟的盖子，拧了几下闹钟的发条。

这时，特洛大声叫了起来：

“普克，皮箱。”

“是，团长。”

普克钻进婴儿车后面，拖出来一个破旧的绿皮箱。

皮箱上全都是星星的图案，箱子鼓鼓囊囊的，好像马上就要撑破了一样。

“嗯嗯，这个箱子充满了神秘的气息。我来把它打开吧。”狮子绿吸溜了一下鼻子说。

“那太好了。这个箱子破烂不堪，还很贪心，总是装得满满的。而且它的脾气怪怪的，我一摁锁，它就咔嚓咔嚓响，稀里哗啦的。”特洛说。

“开箱子的时候，要使出吃奶的劲儿才行哟。你来打开，应该不成问题吧？”特洛又补充道。

狮子绿先“嗯——”了一下，用肚子运了运气，然后“嗨哟”一下，摁开了锁。

这一瞬间，绿皮箱的盖子轰的一下弹开了，五彩缤纷的布条飞了出来，把狮子绿给缠住了。

“这是什么呀？一颗星星也没有出来呀。”

看到狮子绿很不高兴的样子，特洛说：

“当然了。这本来就是收藏布条的箱子嘛。”

“那为什么上面有星星的图案呢？”

“不知道。我捡到的时候，这里面就是空的。”

“星星跑到天上去了吧？”

“这个想法很好，狮子绿。”

星星星星满天星，

飞出箱子亮晶晶。

亮晶晶，亮晶晶，

星星星星满天星！

特洛取下柜子上的纸箱，拿出金色的纸和银色的纸。

普克从摇篮里的平底锅中，拿出三个烤饼干时用的星星模子。

“来，多做一些星星吧。把箱子装得满满的。”

特洛、普克和狮子绿，用金色的纸和银色的纸做了好多星星。

特洛做得好快呀！

就在狮子绿做完一颗的工夫里，它做了三四颗。

普克光顾着说话了，手上的动作很缓慢。

现在箱子里堆满了星星。

“公主要和星星一起从箱子里飞出来，在空中跳舞。”

特洛在头上盖了一块粉红色的布头，然后把尖尖帽扣到了上面。

“嚯，很像王八，好棒。”狮子绿表扬它说。

“真讨厌，我可是星星公主哟。我要先在这里彩排一次才行。”

特洛刚要钻进皮箱里去，狮子绿连忙提起绿皮箱，往外走去：

“这里太危险了，你会碰到各种东西的。我们到外面去彩排吧。”

伴随着普克的小号声，它们来到了狗尾草原野上。

“我进到皮箱里之后，你们把盖子盖上，数十个数之后再打开。”

特洛把身子蜷成一团，然后钻到箱子里，和星星们在一起。

“是，团长。”

狮子绿和普克把鼓鼓囊囊的箱子关上，然后开始计时：

“一、二、三、四、五、六、七、八、九、十。”

数到十之后，它们先“嗯——”了一声，用肚子运了运气，然后“嗨哟”叫了一声，摁开了锁。

这一瞬间，从箱子里蹦出几百颗金星和银星，向着天空飘洒出去。披着粉红色面纱的特洛公主，像一只小鸟展开双翅一样，轻盈地飞向天空。

“圆满成功！万岁，特洛团长！”

狮子绿和普克冲着往天上飞的特洛高声呼喊。

就在这时，毛茛山那边突然飞来了一块雪白蓬松的云彩。云彩不断扩散开来，不一会儿，特洛和普克就被遮住了。

当风缓缓地驱散了云彩之后，湛蓝的天空又露了出来。

4

“嚯嚯，太厉害了。好棒的皮箱啊！”望着空了的箱子，狮子绿连连赞叹。

“姐姐——姐姐——”

普克仰望着天空，没命地奔跑起来。

普克在原野上跑了一圈之后，哭着跑了回来：

“狮子绿，狮子绿，特洛团长真的消失了！我都找遍了，哪里也找不到。啊，我最亲爱的姐姐……”普克摘下帽子，擦了擦眼泪。

“嗯——刚才是扑克牌不见了，这回是特洛团长不见了。那片云彩太可疑了。好吧，我马上去收拾它。”

狮子绿瞪了一眼天空，就坐到了箱子里。

“普克也到这里来吧。”

它稍稍在箱子里腾出一个角落。

可是普克使劲摇了摇头：“不行，不行。狮子绿太大了，箱子的盖子是盖不上的。啊——啊——啊——我可怜的姐姐呀！”

普克开始抽抽搭搭哭起来。

“别哭了，普克。盖子盖不上也没什么要紧的，这不是一个神秘的皮箱吗？”狮子绿安慰它。

看到狮子绿的意志这么坚强，普克终于慢慢地停止了哭泣。

“嗯嗯，你说得对。”

说完，它窝进了箱子的角落里。

狮子绿拍了拍箱子的边缘，大喊了一声：

“飞到云彩那里去吧！不飞的话，会被吃掉的哟。”

猛然之间，箱子动了起来，然后高高地升向天空，朝着毛茛山飞去。

山背后突然出现了一片雪白蓬松的云彩。云彩刚飘到皮箱四周，就把狮子绿和普克给裹住了。

“哇，好神秘的云彩呀……”

狮子绿吸溜了一下鼻子，猛地大声吼了起来——

请把扑克牌还给我们，

把特洛团长还给我们！

如果不还给我们的话，

你就会被我吃掉的哟！

狮子绿的吼声还没落下，云彩便消失了，湛蓝的天空慢慢显露出来。不知什么时候，箱子已经降落在毛茛花盛开的原野上。

“嚯——”

狮子绿环视了一下四周，又吸溜了一下鼻子：

“嗯嗯，的确是个有点儿奇怪的地方。”

“是奇怪，是奇怪。”普克也点了点头。

这时候，一只雪白的熊拨开毛茛花，出现在它们面前。

白熊的肩上扛着一个白色大网子，网子系在一根长长的棍子上，像积雨云那么蓬松。

它看到坐在箱子里的狮子绿和普克，说道：

“箱子看上去好像很重啊！请你们俩出来吧，否则我搬不动的。”

说完，它把一只脚踩在箱子的边缘，想粗鲁地把狮子绿给拽出来。

没想到劲儿太大了，只听嘭的一声，箱子和小号飞上了天。狮子绿、普克，还有白熊，都摔了一个屁股蹲儿。

白熊迅速爬起来，挥了挥网子说：

“哎哟哟……好东西，好东西。”

这时，哇——更加奇怪的事情发生了。

嗖——嗖——嗖——嗖——宛如积雨云一样蓬松的网子，正不断冒出一片又一片雪白的云彩，笼罩了整个山顶。

当白熊再次挥动网子时，那些云彩又悄然无声地被吸进了网子里。箱子和小号呢，被白熊紧紧握在手里。

“今天我捡了好多东西哟：扑克牌、星星、黄毛的猫、皮箱、小号。这么多东西，帐篷里可放不下。”

白熊开始走了起来。

“还给我，还给我，那是我的。”普克叫住了它。

白熊耸了耸肩膀，说：

“这都是我捡到的。你们难道不知道‘捕云熊蓬蓬’吗？”

“哦？那片神秘的云彩就是你呀！”狮子绿用一种可怕的声音哀号着。

“把你们镇住了吧？我有捕云网呢。不服气，你们来抓我好了。”蓬蓬跑了起来。

它真是神速，灵活敏捷地奔跑着，简直像长了翅膀一样轻盈又飘逸。

“我不会输给你的，一定要抓住你！管你是网子呢，还是云彩呢，再跑的话，都会被吃掉的哟。”狮子绿吼道。

狮子绿和普克追得越快，蓬蓬的脚步就变得越轻盈，因此离它们越来越远。

这也难怪，因为捕云网会像船帆那样膨胀起来，拽着蓬蓬向前跑去。

有时，蓬蓬会故意站住，等着狮子绿它们追上来，可没过一会儿，它又忽忽悠悠跑起来。

蓬蓬跑下毛莨山，跑进白桦树林里面去了。

林子深处有一片宽敞的朝阳地，那里立着一把画有黄色和蓝色波浪图案的沙滩伞。伞边挂着乳白色的帘子，像帐篷一样，外人看不见里面。

蓬蓬把捕云网搭在白桦树上，然后用野木瓜的藤蔓绑住捕云网。

“缠一圈，缠两圈，缠三圈，绑得牢牢的，这样就不怕它跑掉了。这就是谁也解不开的神秘的蓬蓬绑法。”

这时，沙滩伞帐篷里传出一个声音来：

“又捡回来什么了？”

“啊，好多。”蓬蓬回答道。

“别再捡了。沙滩伞帐篷里放不下了。再往里面塞，我会被压扁的。”

帘子晃了晃。

“都是很好的东西哟。想办法放进沙滩伞帐篷里去吧。”

“拿过来，让我看看。”一只长着黄色卷卷毛的猫，从帘子下探出头来。

是特洛。那不正是“特洛·普克·狮子绿大杂技团”的特洛团长吗?

特洛一看蓬蓬手里拿的东西，瞬间目瞪口呆。

“小号！皮箱！你到底是从哪里捡来的这些东西呀?”

“老地方，老方法。今天生意不错，可是沙滩伞帐篷太小了，这下不好办了。狮子和猫马上就要来了。”

“哦?你把狮子绿和普克也都捡回来了?”

“既然要演杂技嘛，那就越热闹越好，对吧?”

特洛连忙爬到树上察看。

“你会被吃掉的哟。”

“还给我，还给我。”

狮子绿和普克怒吼着跑来了。

“喂——”特洛挥了挥手，“这里有一个很棒的沙滩伞帐篷哟——”

狮子绿和普克一边大口喘气，一边望了望蓬蓬。然后它们就看到了沙滩伞和刚从树上跳下来的特洛。

“蓬蓬也加入我们的杂技团了哟，因为它有这么棒的沙滩伞帐篷嘛。”

“嗯嗯，这是一个很神秘的沙滩伞帐篷吧？”狮子绿吸溜了一下鼻子。

“原来是这样，蓬蓬也是我们的团员啊！刚才差点儿跟它打起来。”普克总算松了一口气。

“搭好了沙滩伞帐篷，是不是就可以开始表演杂技了呀？”狮子绿问。

“别激动，先看看这里面吧。”特洛猛地掀开了帘子。

哇啊，沙滩伞帐篷里好热闹啊。

五彩缤纷的气球、帽子、鸟的羽毛、雨伞、风筝、鲤鱼旗[1]、皮球、手绢、纸袋、海报、衬衫、裙子、袜子、毛巾。只要是能飘到空中的东西，这里应有尽有。

“一刮风，各种各样的东西都会飞来，我们发大财了。”蓬蓬一件一件地给大家看那些东西。神秘的扑克牌、金星星、银星星，都在伞里呢。

“嚯嚯，这里才像杂技团事务所呢。”狮子绿惊讶不已。

普克说：“只要有了这些东西，我们的杂技团就能成为一个很棒的杂技团。太好了，太好了，蓬蓬也是我们的团员了。”说完，普克用小号吹起了华丽的进行曲。

特洛往脖子上系了一条红丝带，手上拿着尖尖帽，宣布道：

“来呀，来呀，大家快来看吧！现在是特洛·普克·狮子绿·蓬蓬大杂技团的表演时间！”

说完，它围着沙滩伞帐篷蹦跳起来，狮子绿、蓬蓬和普

① 挂鲤鱼旗是日本民众的一种风俗，寄托着父母对孩子成为勇敢坚强的人的期望。

克紧跟在它后面。

大家绕着沙滩伞帐篷缓缓行进了三四圈。

突然，星星闹钟丁零零响了起来。

“三点了，特洛团长。我把闹钟拨到了三点。别忘了给我们做点心吃哟。”普克叫了起来。

“那我们就准备一下,一起回狗尾草原野去吧。”特洛说。

“蓬蓬别忘了拿捕云网哟。普克把星星装进皮箱里。狮子绿把沙滩伞帐篷搬到毛茛山顶上去吧。”

特洛率先把沙滩伞帐篷里的东西拿到了外面。

“你要干什么？这些全都是我捡来的东西哟。”蓬蓬连忙按住沙滩伞。

特洛说：“我不是批准你加入杂技团了吗？”

“但我的东西就是我的，谁也别碰。”蓬蓬不肯让步。

特洛板起面孔加了一句：“也是杂技团的。”

“普克、狮子绿、蓬蓬，你们要把这个沙滩伞帐篷倒过来，大家都坐到上面，一起移动到狗尾草原野去哟。快点儿

1海报
2包装纸
3纸

吧，只要是能轻盈地飘在天上的东西，什么东西都行，把它们都绑在沙滩伞上。”

听了特洛的命令，大家齐声回答说：

“是，团长。”

它们把气球、帽子、鲤鱼旗、毛巾、手绢和其他东西，都绑在了沙滩伞上面。

“啊，我好不容易收藏的宝贝……”蓬蓬叹了口气。

就在这时，特洛迅速解开了绑在白桦树上的野木瓜藤蔓。

蓬蓬惊呆了，大声叫道：

“啊，谁也解不开的神秘的蓬蓬绑法，被解开了！”

听了它的话，狮子绿说：

“杂技团团长，是什么都会的。你到狗尾草原野去看看吧，那里有好多好玩儿的事情呢。”说完，它扛起沙滩伞，爬上了毛茛山顶。

“能在天上飞的沙滩伞，准备完毕。”

5

特洛团长首先爬上倒过来了的沙滩伞。接着，普克和狮子绿也爬上去了。

“嚯，这个太好了，可比皮箱宽敞多了哟。这样好舒服。”

狮子绿坐下之后，蓬蓬后悔起来，说：

“我还是退出杂技团吧。这么多人坐上来，要是沙滩伞被坐坏了，我要亏本的。到时可怎么办呢？”

“别退团了，蓬蓬，如果伞被坐坏的话，特洛团长会为你修补好的。杂技团团长什么都会，别担心。”

听狮子绿这么说，普克也过来帮腔说：

“当然了，当然了。我们的杂技团事务所里有缝纫机的。别担心。”

“别磨磨蹭蹭的——”特洛说话了，“趁着沙滩伞还没有被坐坏，赶紧飞起来呀。来，大家都坐好了，坐好了。现在，就请蓬蓬‘开船’吧。”

听到特洛的命令，蓬蓬回答了一声：

“是，团长。”

蓬蓬迅速跳上沙滩伞，挥了挥像积雨云一样的捕云网。

嗖——嗖——嗖——嗖——它们身边顿时冒出了一片雪白的云彩，沙滩伞就这样乘上了云彩。

这时，狮子绿大叫一声：

“朝狗尾草原野飞吧！不飞的话，会被吃掉的哟。”

顿时风起云涌，云彩载着沙滩伞飞行起来。

可就在这时，狮子绿尾巴那里的伞布，刺啦一声裂开了。

“危险，狮子绿！快抓住我！”

特洛拽住狮子绿的手，普克拉起狮子绿的脚。

“快，快。”大家异口同声地叫喊着。

“别让狮子绿掉下去呀。”蓬蓬拼命地挥舞着捕云网。

嗖——嗖——嗖——嗖—— 一片又一片云彩，接连不断地涌现出来。

普克突然指了指下面叫道：

“狗尾草原野，狗尾草原野！”

“蓬蓬，准备下降！”特洛大声说。

“是，特洛团长。”蓬蓬连忙朝反方向挥动捕云网。

可云彩的速度一时减不下来，直接飞过了狗尾草原野。

沙滩伞就那么一直飞，飞到了三叶草小山岗的白桦树林那边。

“危险！要撞上去了！”

正当大家叫喊着的时候，狮子绿的一只脚从撑破了的沙滩伞洞那里伸出去，踩到了地面。

“我们得救了！”

狮子绿和蓬蓬的手紧紧地握到了一起。

这时候，它们的四周响起了热烈的掌声。

“狮子绿，我们在等着你呢。”

“你跑到哪里去了？”

“好大的伞啊！这是怎么回事啊？”

一时间被太多疑问包围，狮子绿一下子回答不过来了，只好说道：

“哦，我和朋友在一起。这回我们可以表演杂技了。”

看到沙滩伞乘着云彩在天上飞，大家都追赶着跑来了。

转眼之间，岛上所有的动物都聚集在三叶草小山岗上。

“哇，太惊艳了！观众这么多，我们要赶紧开始表演啦，快把沙滩伞支起来吧。”

“是，团长。”大家连忙支起沙滩伞。

特洛迅速钻进了星星皮箱。

普克挺着胸脯，用小号吹出了洪亮的乐曲。

狮子绿提起皮箱，拉着蓬蓬的手，走到了沙滩伞外面。

狮子绿唱起了歌。

这里有什么呢？
会出来什么呢？
会发生什么呢？
在那里和这里，
有种神秘味道。

真让人惊呆呀，
让人眼花缭乱，
让人看得入迷。
朋友啊，快来吧，
杂技多有趣呀！
快来吧，朋友们，
欢迎大家光临！

普克开始用小号演奏起热烈欢快的进行曲。观众们也一边打着节拍，一边高唱“会出来什么呢，会发生什么呢”。

狮子绿想，现在可是自己大显身手的时机，便扯着嗓门儿大声说道：

“下面，请我们特洛·普克·狮子绿·蓬蓬大杂技团的特洛团长致辞！”

说完，它把那个鼓鼓囊囊的，快要撑坏了的皮箱放到了观众面前。

“一、二、三、四、五、六、七、八、九、十。”

数完这些，狮子绿用肚子运了运气，然后“嗨哟”叫了一声，摁开了锁。

披着粉红色面纱的特洛，与数不清的星星一起从皮箱里跳出来，飞向天空。

特洛在满天的星星中间缓缓飘飞，绕了一圈之后落到草地上，然后跟大家行了一个礼，致辞道：

“欢迎各位光临。”

由于特洛一次又一次地鞠躬，它脑袋上的尖尖帽滚落了下来。

观众的掌声此起彼伏，盖过了小号的声音。

就在普克拼命地吹出“啦”的音符时，它戴着的绿色贝雷帽一下弹起来，扣到了狮子绿的头上，于是——

哇！下起了扑克牌雨。

扑克牌雨接连不断地下着，狮子绿的眼睛睁不开了，身体也僵住了。

最后，眼看自己就要被扑克牌吞没了，它开始连连叫唤：

“特洛团长，救命啊。”

特洛拿着蓝色的背包，从沙滩伞里出来了。

它一张不落地把扑克牌捡起来，把它们收进了背包，然后把背包交给了狮子绿。

“谢谢。”狮子绿查看了一下背包后，眼睛瞪得圆圆的。

“你怎么了，狮子绿？”观众们问。

狮子绿把背包底朝天地翻了过来，又用力甩了甩。

哎哟哟，背包是空的！

观众们又是惊叹，又是欢笑，小山岗上沸腾了。

天空变成了橙黄色，黄昏即将来临。

“这回轮到蓬蓬了,这回该蓬蓬表演了。”观众们催促着。

“好嘞，我也来表演一个吧。”蓬蓬把捕云网立在头顶上，放开了手。

“好，蓬蓬！”狮子绿喊了一声。

蓬蓬回喊了一声“嘿”，便抓住捕云网挥舞起来。

于是——

嗖——嗖——嗖——嗖—— 金色的云彩冒了出来，不断向天空扩散。白杨树、沙滩伞，还有三叶草丛，一切都变得金光灿灿。

云彩缓缓聚拢，最后变成了一个圆圆的球体。

“嘿！”蓬蓬又挥了挥捕云网，金色的圆球嘭地跳进了网子里。

观众席上响起了一阵雷鸣般的掌声。

“啊，一切顺利，太好了！”蓬蓬松了一口气。

掌声还在持续。

“那我就再来一个吧。”蓬蓬又开始一点点地挥舞着捕云网。

细细长长的云彩碎片，一会儿横过来，一会儿竖过来，一会儿又变成圆圆的，它们组合成各种形状，最后变成了几行文字：

杂技表演真开心！
特洛·普克·狮子绿·蓬蓬
大杂技团

这些文字布满了被晚霞染红的天空。

特洛和狮子绿也都跟着一起拼命地鼓掌。

普克开始用小号演奏沉静的《友谊地久天长》。

特洛摘下了帽子，面向观众恭恭敬敬地行了一个礼，再

杂技表演
特洛·普克
大杂

真开心！

· 狮子绿 · 蓬蓬

技团

次致辞：

“谢谢大家！今天的演出到此结束。特洛·普克·狮子绿·蓬蓬大杂技团，今后还会与大家见面的。祝大家身体健康，生活快乐。”

6

三叶草小山岗安静了下来。

特洛、普克、蓬蓬和狮子绿，大家都靠在白杨树上，倾听着树叶随风摇晃的声音。

天空和云彩都渐渐变成紫罗兰色。

“来我家喝杯茶吧。”狮子绿邀请说。

“当然，当然。”大家都站了起来。

“我差点儿忘了！啊，现在才想起来，我真傻。我在毛茛山上做了好东西来着。”

特洛嚷着，从沙滩伞里拿出了一个轻飘飘的包袱，把它递给了狮子绿。

“嗯嗯！”狮子绿把鼻子凑到包袱上闻了闻，说，“有点儿神秘的味道啊。”

进了洞穴，特洛、普克和蓬蓬都使劲地吸溜了下鼻子，说道：

“是卷心菜的味道！”

“请吃吧，请吃吧，请吃个够。”狮子绿说完，把卷心菜分给大家，自己却顾不上吃卷心菜，一屁股坐到地毯上，打开了包袱。

哇，里面露出一顶紫色的真丝帽子。

“哎哟，这是给我的帽子吗？戴上这么漂亮的帽子，心会怦怦直跳的。”

狮子绿刚想把紫色的真丝帽子戴上，没想到包袱里还有一顶绿色的真丝帽子。

蓬蓬一边大口大口地吃着卷心菜，一边从狮子绿手里把绿色的真丝帽子拿过来：

“这是我的。我还从来没捡到过这么华丽的帽子呢。”蓬蓬刚要戴上这顶真丝帽子，包袱里又飞出了一个红色的气球。

气球在狮子绿头上飞了一会儿，然后发出砰的一声巨响，爆炸了。于是，从红色的气球里掉下来一张扑克牌。随后，那个红色的气球就消失了。

狮子绿捡起扑克牌，跳了起来：

“是王八牌！大家一起来玩抽王八吧。”

抽王八，真好玩儿，

一摸到这扑克牌，

手就发抖心荡漾。

听狮子绿这么说，特洛急忙把嘴里的卷心菜咽了下去，回答说：

“抽王八？我很拿手的哟。”

它把尖尖帽往旁边一丢，坐到了狮子绿的旁边，等着狮子绿发牌。

“抽王八，抽王八，但愿王八牌，别到这里来。”普克坐到了特洛的旁边。

蓬蓬也凑过来说：

“抽王八好像比表演杂技还好玩儿呢。”

抽王八，真好玩儿，
一摸到这扑克牌，
手就发抖心荡漾。

狮子绿高兴得只知道笑了。

“你太狡猾了，狮子绿。你一直在笑，我们都没法儿知道王八牌是不是在你的手里了。”特洛发表了自己的一点儿意见。

“那我也来笑吧。”蓬蓬说。

“但愿王八牌别来，但愿王八牌别来。”普克十分认真地瞪着扑克牌。

王八牌一会儿跑到这边，一会儿跑到那边，把自己累得要命。

到底什么时候才能玩完啊?

夜深了。

狮子绿的星期天，也马上就要过完了。

桂图登字：20—2021—009

图书在版编目（CIP）数据

狮子绿的星期天 /（日）中川李枝子著；（日）山胁百合子绘；周龙梅译. — 南宁 ：接力出版社，2023.3
（中川李枝子童话系列）
ISBN 978-7-5448-7983-5

Ⅰ.①狮… Ⅱ.①中…②山…③周… Ⅲ.①童话－日本－现代 Ⅳ.①I313.88

中国版本图书馆CIP数据核字(2022)第212906号

责任编辑：王琪瑮　　美术编辑：刘　悦
责任校对：王　蒙　　责任监印：刘　冬　　版权联络：闫安琪
社长：黄　俭　　总编辑：白　冰
出版发行：接力出版社　　社址：广西南宁市园湖南路9号　　邮编：530022
电话：010—65546561（发行部）　　传真：010—65545210（发行部）
http://www.jielibj.com　　E—mail:jieli@jielibook.com
经销：新华书店　　印制：北京科信印刷有限公司
开本：880毫米×1250毫米　1/32　　印张：3.25　　字数：50千字
版次：2023年3月第1版　　印次：2023年3月第1次印刷
定价：28.00元